나는 　 나쁜 딸입니다

GRIS COMME LE COEUR DES INDIFFERENTS
Written by Pascaline Nolot
Copyright ⓒ 2023, Scrineo
All rights reserved.

Korean Translation Copyright ⓒ 2024, Lime Co., Ltd.
Korean translation rights arranged with Scrineo c/o Sarah Daumerie
through Greenbook Literary Agency.

이 책의 한국어판 저작권은 그린북 저작권 에이전시를 통한
Scrineo c/o Sarah Daumerie와의 독점 계약으로 (주)라임에 있습니다.
저작권법에 의해 한국 내에서 보호를 받는 저작물이므로 무단 전재와 무단 복제를 금합니다.

나는 나쁜 딸입니다

파스칼린 놀로 지음 ― 김자연 옮김

라임

차례

하얀색에 둘러싸인 날 * 11

알록달록한 날들의 기억 * 16

악취가 진동하던 까만 날 * 24

장밋빛 인생 * 39

황금빛 가면의 남자 * 53

빨간 웅덩이 * 63

연보라색 레이스 덮개 * 70

에메랄드빛 탄산음료 * 76

온통 회색뿐 * 86

색깔 없는 밤 * 101

나가는 말 117

흐린 하늘은 해가 활활 타오르고 남은 잿더미다.

_말콤 드 샤잘 Malcolm de Chazal

어제, 아빠가 엄마를 때렸다.

여느 때와 같이 아주 평범한 날이었다.

다만 어두운 하늘과 비명 소리로 흐렸던…….

무관심한 사람들의 마음처럼 세상은 온통 회색이었다.

하얀색에 둘러싸인 날

이제 더 이상 여러 가지 빛깔은 존재하지 않는다. 우리의 삶은 메마르고 텅 빈 순백색을 띠고 있다.

우리를 둘러싼 벽은 온통 새하얬다. 온 세상이 흰색 물감에 빠졌다가 나온 것만 같았다. 그래서인지 흡사 살아 숨 쉬는 그림처럼 보였다.

가운을 입은 의사와 간호사들, 환자복을 입은 사람

들, 창백한 얼굴의 면회객들이 어지럽게 뒤섞여 있었다. 나는 병원 복도의 의자에 앉아 분주하게 오가는 사람들을 멍하니 바라보았다.

"리라, 괜찮아?"

옆자리에 앉아 있던 엄마가 걱정스레 물었다. 사실은 내 손에 살짝 포개진 엄마 손이 던진 물음이었다. 엄마는 혹시라도 내가 부서져 내릴까 봐 두려워하는 것 같았다. 하지만 실제로 다친 사람은 엄마였다.

완전히 산산조각 나 버렸다.

"괜찮아."

나는 차마 엄마를 쳐다보지 못하고 한숨을 푹 내쉬며 힘없이 중얼거렸다. 그러고는 괜히 벽에 붙어 있는 헌혈 홍보 포스터 쪽으로 시선을 돌렸다. 엄마도, 나도 그 말이 거짓이라는 걸 알고 있었다.

그때 간호사가 우리 앞에 멈춰 섰다.

"혹시 도움이 필요한가요?"

간호사가 한껏 걱정스런 얼굴로 물었다.

나는 재빨리 엄마를 쳐다보았다. 엄마는 천천히 고개를 가로저었다. 나도 엄마를 따라 고개를 저었다.

간호사가 도와줄 일이 뭐가 있을까? 아빠를 바꾸는 것 말고는 도무지 방법이 없는데.

"혹시라도 필요한 게 있으면……."

간호사가 머뭇거리며 덧붙였다.

'지금은 말고요. 지금은 그런 게 아무 소용 없으니까.'

나는 짐짓 목청을 가다듬는 소리를 내어 간호사의 말을 막았다. 지금은 속으로 비명을 질러 대느라 다른 걸 생각할 겨를이 없었다.

"알았어요. 항상 대화가 필요한 건 아니죠. 그냥 옆에 같이 좀 앉아 있을게요."

간호사의 지나친 친절에 슬슬 짜증이 나기 시작했

다. 물론 이해가 되지 않는 건 아니었다. 다른 사람의 불행 앞에서 아무것도 하지 못한 채 무력감을 느끼고 있는 건 견디기 힘든 일일 테니까. 더군다나 나는 이런 친절을 무시할 입장도 아니었다.

정말 우스운 건, 지금 누군가의 도움이 가장 절실한 사람은 바로 엄마와 나를 이 지경으로 만들어 놓은 그 남자라는 사실이다.

"곧 할머니가 오실 거예요."

나는 최대한 건조한 말투로 말했다.

그러자 엄마가 슬며시 내 손가락을 쓰다듬었다. 이 친절한 사람에게 화를 내지 말라는 뜻인 듯했다. 엄마는 잘못된 방향으로 흐르는 분노를 용납하지 않으려 했다.

"마음은 감사하지만, 굳이 여기 계시지 않아도 돼요."

나는 조금 누그러진 말투로 덧붙였다.

하지만 간호사는 선뜻 발을 떼지 못했다. 얼마 뒤 업무 호출을 받고 어쩔 수 없이 일어나 소란스러운 사람들 틈으로 섞여 들기 전까지는.

나는 간호사가 떠나기 전, 피로가 가득 배인 두 눈에 어린 동정심을 읽었다. 그 눈빛이 왜 이렇게 기분 나쁜 걸까? 내가 왜 저 사람의 생각을 신경 쓰는 거지?

나는 한숨을 쉬며 의자 안쪽 깊숙이 몸을 웅크렸다. 이제 저런 시선에 익숙해져야겠지. 어차피 사람들은 다 저런 눈으로 나를 볼 테니까.

나는 더 이상 '리라 고티에'가 아니다.

'맞고 사는 여자의 딸'이다.

알록달록한 날들의
기억

갑자기 심장이 터질 것처럼 떨렸다. 실제로는 청재킷 안주머니에 넣어 둔 휴대 전화에서 진동이 울린 것이었다. 왼쪽 가슴에 작은 폭탄이라도 매달아 놓은 것 같았다.

휴대 전화를 꺼내자 더 심하게 팔딱거렸다. 화면에 '사령관'이라는 이름과 함께 문자 메시지 창이 떠 있었다. 할머니는 우리 가족 사이에서 '사령관'으로 불렸다. 헌법보다 엄격한 데다 딱 감옥 크기만큼만 다정한 할머니에게 이보다 더 잘 맞는 별명은 없을 거다.

나는 엄지손가락 끝으로 문자 메시지 창을 눌러 내용을 확인했다.

교통 차증! 멍청한 것들이 도로를 점령했다.
언제 도착할지는 모르겠다. 이 나이를 먹고서도 이렇게 시간 낭비를 해야 하다니.
좀 더 기다려 주길 바란다!

'교통 차증'이라······. '교통 체증'을 쓰고 싶었던 거겠지? '좀 더 기다려 주길 바란다'고? 우리가 지금 기다리는 것 말고 달리 무얼 할 수 있을까? 우리에게는 선택의 여지가 없었다.

"완전 사령관님 그 자체네."

문자 메시지를 보여 주자, 엄마는 이렇게 말하고는 금방이라도 숨이 넘어갈 것처럼 킥킥거렸다.

우리는 거의 동시에 웃음을 터뜨렸다. 상황에 맞지 않는 웃음 때문일까? 주변에서 의아한 눈빛으로 바라보는 게 느껴졌지만 전혀 개의치 않았다. 그들이 불쾌해하든 말든 그런 건 조금도 관심 없었다.

갑자기 터져 나온 웃음이 온몸을 통과하면서 잠깐이나마 괴로움을 바깥으로 밀어냈다. 이 쓰나미가 언제까지고 계속되었으면 좋겠다.

그렇게 우리를 멀리로 데리고 가 주길 바랐다. 엄마의 상처를 깨끗이 지워 버리고, 나의 아픔을 깊은 바닷속에 잠가 버릴 수 있게.

그러나 어느새 파도가 잠잠해지고, 다시금 슬픔이 밀려왔다.

슬픔은 바다의 파도처럼 솟구쳐 올라

내 입술에는 쓰디쓴 진흙의 추억만이 남는다

문득 수업 시간에 배웠던 시인 보들레르의 시구절이 머릿속을 채웠다. 나는 엄마를 가만히 바라보았다. 웃느라 들썩이던 어깨가 조금씩 가라앉고 있었다. 엄마는 얼마나 오랫동안 즐거움을 포기하며 살았을까?

"울지 마, 내 아기."

엄마가 내 머리카락을 손으로 쓸어내리며 말했다.

나는 한없이 다정한 손길도, 어릴 적에나 불리던 애칭도 전혀 거북하지 않았다. 때때로 다정함은 폭력에 저항하는 유일한 방법이었다. 폭력이 승리하지 않도록, 폭력이 우리를 굴복시키지 않도록 하는 마지막 수단이랄까.

엄마는 강했다. 나보다 몇십억 배는 강했다. 돌이켜

생각해 보니 새삼 놀라웠다. 엄마는 어마어마한 고통 속에서도 내게 늘 웃어 보였다. 몹시 불행한 상황에서도 내게 용기를 전해 주기 위해 애써 미소를 지었다.

'맞고 사는 여자'는 무조건 약한 존재라고 말하는 사람이 있다면, 다시는 그렇게 말하지 못하게 해 줄 거다. 나 역시 더는 그렇게 생각하지 않을 참이다. 무너지고 또 무너져도, 살아남기 위해 계속해서 다시 일어날 수 있는 사람이 과연 몇이나 될까? 자신의 피가 흥건한 바닥에서 기어 나올 수 있는 사람이…….

"그런 생각은 이제 그만하고 느낌표에 집중해."

내 표정에 드러난 생각을 읽은 걸까? 엄마가 나지막이 속삭였다.

느낌표. 연민이라고는 눈곱만큼도 찾아볼 수 없는 사령관의 지옥 같은 부호. 메시지를 다시금 읽어 내리자, 이상하게도 마음이 편안해졌다. 우리에 대한 걱정이라고는 조금도 느껴지지 않는 차가운 말투가 머릿속에 맴돌던 핏빛 이미지를 쫓아 버렸기 때문이리라.

사실, 우리 인생 전부가 핏빛으로 물들었다고 말할 수는 없다. 물론 엄마는 매일같이 마음속으로 피를 흘렸겠지만.

확실히 말할 수 있는 건, 우리에게도 알록달록한 날들이 있었다는 사실이다. 그것도 아주 많이. 오래전, 내가 어렸을 때의 일이긴 하지만…….

다 함께 휴가를 보내던 바닷가에서 아빠는 커다란 모래성을 만들었다. 황금빛 태양이 눈부시게 빛나던 날이었다. 아빠는 나를 머리 위로 안아 올려 푸른 하늘을 날게 한 다음, 다시 내려서 품에 꼭 안아 주었다.

그 외에도 아빠는 퇴근길에 향기로운 꽃을 사 오거나, 예쁜 상자에 우리가 좋아하는 파이를 포장해 오기도 했다.

하지만 시간이 흐르면서 우리 삶에서 즐거운 색깔들은 점점 희미해졌다. 열여섯 살인 지금은 아예 조금도 남아 있지 않았다. 남동생들이 태어난 뒤에도 좀처럼 나아지지 않았다. 아니, 오히려 나빠지기만 했다. 쌍둥이 동생들은 이제 겨우 일곱 살이었다.

동생들이 태어난 건 계획된 일이었을까? 동생을 낳으면 엄마와 아빠 사이의 균열이 사라질 거라고 생각했을까? 아니면 그저 갑작스레 일어난 일이었을까?

엄마에게 상처를 줄까 봐 차마 물어보지는 못했다. 아빠에게도 물어보지 않았다.

이런 질문들을 내뱉는 순간, 아빠는 내게 소리를 지를 게 뻔했다. 지금보다 더 어렸을 때 이미 그건 바로 지옥을 불러내는 일이라는 걸 본능적으로 알아차렸다.

아빠는 화가 나면 다른 사람으로 바뀌었다. 아니, 어쩌면 그게 아닐 수도 있다.

어느 날 아침, 내 눈을 가리고 있던 순진함이 불현듯 벗겨진 걸 수도. 언젠가부터 나는 가식적인 가면 뒤에 숨겨진 아빠의 진짜 모습을 보기 시작했다.

악취가 진동하던
까만 날

 할머니가 보낸 문자 메시지에 답장을 보내지는 않았다. 할머니도 답장을 기다리지는 않을 거다.
 할머니는 내게 인생을 살면서 사람에게는 아무것도 기대하지 말라고 항상 말했다. 그래야 실망을 할 일도, 마음을 다칠 일도 없단다. 사방에 철벽을 둘러 자기 자신을 보호해야 한다는 거다.

할머니는 수십 년간의 경험에서 비롯된 자신만의 가혹한 철학을 내게 하나씩 들이밀었다. 어쩌면 할머니 말이 맞을지도 모른다. 애초에 희망을 품지 않으면, 고통스러운 실망을 느낄 일도 없을 테니까. 하지만 감정 없이 사는 삶이 과연 가치가 있을까?

할머니 말을 듣지 않았다는 죄책감에 빠져 있을 생각은 눈곱만큼도 없었다. 나는 후회가 밀려오기 전에 휴대 전화를 재킷 안주머니에 도로 넣었다.

"리라, 할머니 말씀처럼 아빠에게 아무런 기대를 하지 않았다 해도 별로 달라지지 않았을 거야. 아빠는 자신의 감정을 어떻게든 나누어 밖으로 내보낼 필요가 있었던 거니까."

엄마가 내 귀에 대고 속삭였다.

'필요가 있었다'니. 이게 적절한 표현일까? 물론 아빠는 끓어오르는 자기 감정을 어찌할 수 없었을 거다.

하지만 '나누어 밖으로 내보'낸다는 말 역시 맞지는 않았다. 엄마 말고 아빠의 욕설과 폭력을 거두어들인 사람은 아무도 없었으니까.

내가 아빠의 폭력에 휩쓸릴 상황에 놓일 때마다 엄마가 나서서 방패가 되어 주었다. 내게 엄마는 피난처와도 같았다.

그런데 나는 엄마 혼자 그 모든 걸 감당하도록 내버려둔 채 도망쳤다. 동생들을 보호한다는 구실을 내세우고는 잽싸게 숨어 버렸다. 나는 항상 좋은 누나가 되려고 노력했지만, 엄마에게는 나쁜 딸이었다.

"아이가 부모를 보호해야 할 의무는 없어. 부모로부터 자신을 지켜야 하는 일이 생겨서도 안 되고."

엄마는 목이 메는 걸 감추려는지 목소리를 낮추었다. 굳이 크게 말하지 않아도 엄마가 겪었을 고통이 낱낱이 들려왔다. 예전에는 잘 듣지 못했다. 아니, 아예 들리지 않았던 것 같다. 온통 흰색으로 둘러싸인 이 끔찍한 병원에 와서야 그 소리가 들리다니…….

    자욱한 안개 속에서 거세게 파도가 치네
    더 이상 무언가를 알아차릴 수 없네
    하얀 어둠 속 절망의 기운만이 가득하네

  엄마가 좋아하는 가수 미셸 베르제의 노랫말이 머릿속에서 빙글빙글 돌았다. 엄마의 취향이 어찌나 구식인지 설핏 웃음이 비어져 나왔다. 비록 우리를 구원해 줄 웃음은 아니었지만.

    하얀 낙원으로 잠을 자러 갈 테야
    밤이 너무나 길어서
    시간조차 잊어버리는 그곳으로

어린 시절 꿈처럼 바람과 단둘이서만

어느새 노래가 흐느끼고 있었다. 나도 함께 마음속으로 처절하게 눈물을 흘렸다.

하얀 낙원으로 달려갈 테야
증오의 시선과 피 흘리는 싸움에서 벗어나
다시 고래들을 찾을 거야
예전처럼 은빛 물고기들에게
말을 걸어 볼 테야

아름다운 장면이었다. 하지만 내 머릿속에는 고래도, 은빛 물고기도 없었다. 슬픔의 바다 속에서 몸부림치는 바다소들뿐이었다.
"대체 언제까지 눈물만 질질 짜고 있을 거야?"

그 순간, 아빠 목소리가 하얀 슬픔에서 나를 끄집어 냈다. 화가 머리끝까지 치밀어 오른 그 목소리는 나를 까만 기억 속으로 이끌었다.

"콧물 흘리는 것 좀 봐. 누가 보면 어린애인 줄 알겠네. 네가 나 몰래 꼬셨던 그 자식도 이런 모습을 봤대?"

또 시작이다. 내 기억은 언제 어디에 있든, 누구와 있든 상관없이 나를 그때로 데려갔다. 마치 타임 루프 영화 속의 무기력한 주인공이 된 것만 같았다. 내가 점점 미쳐 간다는 생각이 들었다.

나는 이런 생각들을 떨쳐 내려 옆에 앉아 있는 엄마를 물끄러미 바라보았다. 엄마도 자기만의 생각에서 길을 잃었는지 아무 반응을 하지 않았다.

엄마가 악몽과도 같을 상념에서 갑작스레 빠져나와 걱정스러운 눈빛으로 나를 바라보았다. 조금 전에 나도 모르게 실소를 터뜨렸기 때문일까? 정신을 바짝 차

려야 했다. 내 마음이 금방이라도 무너지게 생겼다는 걸 엄마에게 들켜서는 안 되니까.

나는 엄마를 향해 힘없이 웃어 보였다. 그런대로 다 괜찮다는……. 아니, 썩 나쁘지는 않다는 신호를 일부러 보냈다.

사실 나는 거짓말쟁이였다. 거짓말을 하고 또 했다. 과거에 붙잡혀 있는 날들이 많았다. 그때의 날카로운 기억들이 내게 찐득하게 들러붙어 있었지만 그 사실을 아무에게도 말하지 않았다.

나는 아직 어린 데다 군인도 아닌데, 마치 전쟁터에 한 번 나갔다 온 것만 같은 느낌이 들었다. 어쩌면 두 번, 세 번, 혹은 그 이상……. 그 수많은 전투는 나와 딱히 상관없는 것이었지만, 언제나 나는 그 전쟁터 속에 있었다. 그래서 평온함을 잃고 점점 망가져 갔다.

송곳처럼 날카로운 기억들이 나를 단숨에 얼어붙게

했다. 학교에서 수업을 듣고 있을 때도 불쑥불쑥 튀어나와 집중력을 흐트러뜨렸다. 내 머리는 왜 이런 식으로 나를 고문하는지 모르겠다. 내 무의식은 현재의 내가 충분히 불행하지 않다고 여기는 걸까?

"이거 놔, 제발! 집에 애들 있어."

다시금 씁쓸한 웃음이 터져 나오려는 걸 겨우 참았다. "집에 애들 있어."라는 말은 아빠에게 그 어떠한 타격도 주지 못할뿐더러, 조금이나마 진정시키는 역할마저도 못했다. 그런 끔찍한 순간에도 엄마가 우리 생각을 놓지 않고 있었다는 사실만을 증명해 줄 뿐이었다.

엄마가 내 옆에 앉아 있는데……. 엄마가 아빠에게 애원하는 소리가 들리다니, 참 이상했다. 어두운 기억이 늪처럼 나를 천천히 집어삼키고 있었다.

"어디 갔었어? 누구랑 얘기했어?"

아빠가 잔뜩 흥분한 채 입에 거품을 물고 따졌다. 자기 자식들은 거들떠보지도 않으면서 어린아이를 혼내듯 엄마에게 마구 소리쳤다.

아빠는 엄마가 마트에서 시간을 너무 오래 보냈다고 말했다. 한 시간 오 분이면 되는데, 한 시간하고도 십삼 분이나 걸렸기 때문에 엄마가 마트에만 갔다 왔을 리가 없다고 막무가내로 우겼다.

아빠는 자신이 지나치게 과장된 생각을 하고 있다는 사실을 받아들이지 않았다. 그렇게 악을 쓰며 욕을 쏟아 낼수록 멀쑥한 겉모습에 가려져 있던 괴물이 본색을 드러냈다.

끊임없이 이어지는 욕설 사이로 충격음이 들려왔다. 나는 그게 어떤 소리인지 안 보고도 알아맞혔다. 머리가 벽에 부딪히는 소리, 몸이 바닥으로 떨어지는 소리…….

그것들은 각각의 소리를 가지고 있었다. 정말이지 세상에서 가장 소름 끼치는 음악이었다. 어느 날은 겁에 질린 나머지 급하게 몸을 숨겼다가, 엄마의 뼈가 부러지는 소리를 들은 적도 있었다.

내 머릿속 기억 장치는 내 의지와 상관없이 나를 자꾸만 예전의 기억 속에 풍덩풍덩 빠뜨렸다. 나는 숨을 가다듬었다.

극심한 구타와 더럽고 추잡한 말들, 터무니없는 의심이 계속 이어졌다. 아빠가 말하는 '다른 남자'는 당연히 병적인 질투에 사로잡힌 아빠의 한심한 상상 속에서만 존재했다. 아빠의 망상은 쳇바퀴 속을 미친 듯이 달리는 햄스터처럼 멈출 줄을 몰랐다.

나는 아빠가 내뱉는 말들의 의미에 집중하지 않으려 애썼다. 엄마를 깎아내리고 무너뜨리는 단어들을 도저히 견딜 수가 없었다.

하지만 악담이 섞인 폭력 행위보다 더 고통스럽고 끔찍한 건 바로 엄마에게서 흘러나오는 소리들이었다. 그 소리들을 자세히 듣고 싶어서 귀를 기울이면 어느 사이엔가 잦아들고 말았다.

엄마는 아빠를 진정시키기 위해 몇 마디 말로 침착하게 항변했지만 모두 헛수고로 돌아갔다. 탄식과 신음조차 더는 들리지 않았다.

항상 이런 식이었다. 나는 엄마를 보면서 분명하게 깨달았다. 살아남기 위해 맞서 싸우면서 동시에 대화를 나눌 수는 없다는 사실을. 맞서 싸우기 위해서는 너무나 많은 에너지가 필요했다. 특히 고통에 휩싸여 가느다란 숨만 겨우 내뱉고 있는 상황이라면 더욱더.

"언제 끝나?"

동생들이 공포에 사로잡힌 채 우물거리며 물었다.

가슴이 조여 오는 듯했다. 나는 말없이 동생들을 꼭

끌어안았다. 내가 해 줄 수 있는 건 이것뿐이었다.

나는 또 한 번 엄마를 버려두고 왔다. 아빠의 고함 소리가 격해질 때면 동생들을 데리고 재빨리 피할 수밖에 없었다. 뱅자맹과 레오는 2층 방에 있었다. 블록을 가지고 놀다 말고 그 자리에 얼어붙었다.

그 모습이 무척 안쓰러웠다. 동생들은 나를 보자마자 달려들었다. 소리가 나지 않도록 하기 위해 그 작은 발의 뒤꿈치를 들고서.

이런 상황에서 소리를 냈다간 아무도 무사하지 못했다. 아주 조그만 소리에도 아빠의 분노와 관심이 금세 우리에게로 향했다. 하지만 내가 있는 한, 아빠는 결코 동생들을 때릴 수 없을 거다. 내가 그렇게 하도록 내버려두지 않을 거니까.

나는 양쪽 팔에 동생들을 한 명씩 끼고서 화장실로 달려갔다. 욕실을 제외하면 이 집에서 유일하게 문에 잠금장치가 있는 곳이었다.

모든 게 끝나면, 엄마는 상처와 수치심을 싸매러 욕실로 향했다. 적어도 욕실은 다음 차례의 폭력이 시작되기 전까지는 엄마에게 그나마 아늑한 은신처가 되어 주었다.

"냄새나."

뱅자맹이 울먹이며 말했다.

사실 그랬다. 조금 전까지 아빠가 이 안에 있었으니까. 아빠의 장도 아빠만큼이나 탈이 난 게 틀림없었다. 냄새가 아주 고약했다. 물론 배탈이 났다고 해서 아빠가 고래고래 소리를 지르지 못하거나, 주먹질을 하지 못하는 건 아니었다.

가엾고 불쌍한 우리 엄마……. 나는 겨우 울음을 삼켰다. 나까지 동생들을 불안하게 만들고 싶지 않았다.

그 순간, 화장실 불이 탁 하고 꺼졌다. 우리는 소스라치게 놀라서 몸을 움츠렸다.

"괜찮아, 전구가 나간 것뿐이니까. 누나가 나중에 고쳐 놓을게."

나는 재빨리 동생들의 귀에 대고 속삭였다. 동생들은 고개를 끄덕였지만, 완전히 안심하지는 못하는 눈치였다. 우리는 두려움에 떨며 아빠의 분노가 어서 빨리 사그라들기를, 그래서 다시금 집 안이 고요해지기를 기다렸다. 아빠는 여전히 1층에서 발작을 하고 있었다. 나는 아빠가 제발 2층으로 올라오지 않기를 기도하고 또 기도했다.

아빠의 이런 모습이 바로 진짜라는 생각이 든다. 아무런 가림막이 없는, 있는 그대로의 모습……. 그 바람에 일찍부터 동생들과 나는 이 세상에 괴물이 존재한다는 걸 깨달았다.

눈물이 흘러나오려는 걸 간신히 참았다. 만약 혼자

였다면, 폭발하는 증오심을 억누르지 못하고 뛰쳐나갔을 거다. 하지만 지금처럼 동생들이 있는 상황에서 아빠에게 맞서는 건 너무나 위험했다.

나는 어쩔 수 없이 변기 뚜껑을 닫고 그 위에 앉았다. 한쪽 다리에는 레오를, 다른 쪽 다리에는 뱅자맹을 앉혔다. 내 머리를 쓰다듬어 주는 동생들의 손길이 전혀 위안이 되지 않았다.

모든 게 엉망이었다. 상황은 나아질 기미 없이 최악으로 치닫고 있었다. 우리는 이제 어떻게 되는 걸까?

갑자기 우리가 겹겹이 앉아 있는 이 좁아터진 공간이 그 물음에 대한 답인 것처럼 끔찍한 기분이 들었다. 우리의 미래는 악취가 진동하는 암흑일지도 모른다. 한줄기 빛도 없는.

 장밋빛 인생

 불빛이 번쩍하며 다시 현실로 돌아왔다. 머리 위에 있는 전등이 잠깐 깜박였다. 일종의 신호인 걸까? 그렇다면 무엇을 의미하는 거지? 어딘가에서 빛이 나를 기다리고 있으니, 찾아가라는 뜻일까? 뭐, 그다지 믿음이 가지는 않았다.
 "가방에 초콜릿 바가 하나 있는데, 먹고 싶으면 꺼내

먹어. 단걸 먹으면 기분이 좀 나아질 거야."

　엄마가 나를 보며 웃었다. 정확히는 웃으려고 노력했다. 안색이 무척이나 어두워 보였다.

　나는 고개를 저었다. 엄마는 마치 TV에 나오는 사람들처럼 상표를 말하지 않고, '초콜릿 바'라거나 '시리얼', '과일 맛 사탕'이라고 말하곤 했다. 그럴 때마다 엄마가 나를 아직도 어린애처럼 대하는 것 같아 짜증이 났다. 그러면서도 한편으로는 마음이 아팠다.

　갑자기 심장이 세차게 뛰었다. 재킷 안주머니에 넣어 둔 휴대 전화에서 또다시 진동이 울리고 있었다. 한숨이 절로 나왔다. 이번에는 문자가 아니라 전화였다.

　할머니가 꽉 막힌 도로 때문에 쏟아 낼 분노 섞인 불평을 조금도 듣고 싶지 않았다. 게다가 여기에서는 전화를 받을 수가 없었다. 병원 복도에서 시끄럽게 통화할 수는 없으니까.

엄마 얼굴에 조금씩 생기가 돌았다. 엄마는 재미있다는 표정을 지어 보였다. 할머니가 엄마에게도 전화를 한 게 분명했다. 지금쯤 할머니가 얼마나 화가 났을지 직접 통화해 보지 않아도 충분히 짐작이 갔다. 짜증 섞인 목소리가 귓가에서 쨍쨍 울려 퍼지는 듯했다.

"세상에나, 너희는 대체 뭘 하고 있는 거야? 자기들을 데리러 가는 사람의 전화를 무시하다니. 그것도 손녀랑 딸이라는 것들이 말이야! 아니, 앞으로 좀 가지 그래? 이 고물 자동차야! 이 멍청이 같으니! 지금 파란불이잖아! 색맹이야, 뭐야? 누가 길에다가 저런 바보를 풀어놓은 거야? 내가 지금 너희 때문에 어떤 꼴을 겪고 있는지 알아? 알면 바로 전화해!"

우리의 사령관은 규정이나 지침을 아주 좋아했다. 단, 그게 자기 뜻에 맞는 경우에만. 할머니 말대로라면 온 세상이 무조건 자신에게 복종해야 했다.

진동음이 짧게 울렸다. 전화를 받지 않아서 음성 메시지를 남긴 모양이었다. 주머니에서 휴대 전화를 꺼냈다. 화면에 뜬 이름을 보는 순간, 나는 그만 얼어붙고 말았다.

나탕.

같은 반 남자아이에게서 문자가 와 있었다.

나탕은 단순히 같은 반 아이가 아니었다. 맑은 두 눈을 살짝 덮은 반항적인 앞머리가 매력적인 아이였다. 더군다나 사령관 할머니와 달리, 항상 차분한 태도로 친절하게 말하곤 했다.

나탕이 내 휴대 전화 번호를 알고 있을 줄은 몰랐다. 나야 당연히 학급 회장인 나탕의 전화번호를 알고 있었지만. 내 친구 중 한 명이 알려 준 걸까? 아니면 친구들이 다 같이 알려 줬을지도.

나는 극구 부인했지만, 친구들은 내가 나탕을 좋아

한다는 사실을 학기 초부터 알아채었다. 그래서 종종 이렇게 부추기곤 했다.

"얼른! 나탕을 만나러 가라니까! 나탕한테 데이트하자고 해 봐. 여자가 먼저 다가가는 것도 멋지다니까!"

친구들은 내가 나탕이 부담을 느낄까 봐 아무런 표현도 하지 못하는 거라고 생각하는 듯했다. 남자들은 확실히 말하지 않으면 여자가 자신에게 관심이 있는지 알아채지 못한다면서 자꾸만 부추겼다.

어쩌다 나탕이 말을 걸 때도 조언을 아끼지 않았다. 얼굴 찌푸리지 말고 상냥하게 대하라며 잔소리를 해 댔다.

"좋아, 거리를 두는 것도 괜찮아. 너무 쉽게 보일 필요는 없지. 완벽해!"

"아니, 그건 너무 심하잖아. 나탕이 자기한테 아예 관심이 없는 줄 알겠어!"

내가 겁을 먹고 지나치게 경계를 한 나머지, 결국 나탕은 내가 자기를 아주 싫어한다고 생각하게 되었다. 그런데도 나에게 전화를 하다니. 아주 조금은 나한테 마음이 있는 걸까?

나는 흥분을 가라앉히고 마음을 다잡으려 노력했다. 천천히 따져 보면, 나탕은 지금 내게 벌어진 일 때문에 전화를 걸었을 터였다. 그게 아니라면 진작부터 연락을 했겠지. 어쩌면 그저 단순히 호기심이나 동정심 때문에 연락을 했을 수도.

"자리 비켜 줄까?"

엄마는 아무것도 모른다는 듯 순진한 표정을 지었다.

하지만 내 휴대 전화 화면을 본 게 확실했다. 엄마 눈은 아주 예리하니까.

친절하고도 예리한, 그리고 반짝반짝 빛나는 눈. 엄마는 즐거워하고 있었다. 존재하지도 않는 나의 사랑

이야기에 말이다. 차라리 다행이었다. 나의 풋풋한 사랑을 상상하는 동안에는 엄마의 머릿속에 아빠의 그림자가 드리우지 않을 테니까.

의자에서 몸을 살짝 움직여 엄마와 거리를 약간 두고 앉았다. 너무 멀찍이 떨어지는 건 안 되었다. 엄마에게서 등을 돌리고 싶지 않았다.

나는 휴대 전화 화면을 켜 음성 메시지를 확인했다.

"안녕, 리라. 나, 나탕이야. 저기……, 소식 들었어."

곧이어 나탕이 침을 꼴깍 삼키는 소리가 들렸다.

"이런 말 기분 나쁘게 들리지 않았으면 좋겠는데, 혹시 내가 너와 너희 가족을 위해서 할 수 있는 일이 있다면 망설이지 말고 얘기해 줘. 진짜야! 뭐든 다 괜찮아. 부담 갖지 말고 말해 줘. 그럼 힘내고……. 계속 네 생각 하면서 응원할게."

쿵, 하는 소리와 함께 신음이 새어 나왔다. 순간, 머릿속에 집 안을 이리저리 서성이다가 가구 모서리에 발을 찧는 나탕의 모습이 그려졌다.

볼이 화끈거렸다. 하지만 오늘은 아무리 봐도 낭만적인 구석이라곤 하나도 없었다. 나와 우리 가족을 위해 할 수 있는 일이 없냐니……. 내가 나탕을 좋아하지 않는다 해도 충분히 감동적인 말이었다.

나는 동생들을 잠시 떠올렸다. 지금은 동생들의 친구네 부모님이 데리고 있었다. 한동안은 안전한 곳에 있는 셈이었다.

갑작스레 느껴지는 서늘함에 몸을 바르르 떨다가 다시 나탕을 떠올렸다. 친구들은 나탕 때문에 내 성적이 갑자기 나빠진 거라고 생각했다. 수업 시간에 내가 나탕의 등이나 옆모습을 넋 놓고 보고 있다가 그런 거라나. 친구들은 언제나 헛다리만 짚었다.

내가 그 애들을 진정한 친구로 생각하지 않는 데엔

다 그럴 만한 이유가 있었다. 같은 학교에 다니는 것 말고는 친구들과의 공통점을 찾기가 힘들었다. 그래서 수업이 끝나면 우리를 가녀리게 이어 주고 있던 끈이 툭 끊어져 버렸다.

친구들은 더 이상 나를 자신들의 집에 초대하지 않았다. 나 역시 마찬가지였다. 친구들에게 우리 집으로 오라고 말하는 상상만으로도 무릎이 덜덜 떨렸다.

아빠는 뼛속까지 이중적인 사람이었다. 친구들 앞에서는 멀쩡히 행동할 게 뻔했다. 심지어는 아주 다정한 모습을 보여 줄지도……. 그렇지만 친구들이 돌아가고 나면, 평소보다 심하게 엄마를 때리면서 자신의 불만을 쏟아 낼 터였다.

내가 수업 시간 내내 생각하는 건 나탕이 아니라 엄마였다. 언제 어디서든 엄마가 걱정되었다.

'엄마는 지금쯤 혼자 있을까? 아니면 아빠와 함께 있

을까? 아빠가 기분이 안 좋은 상태는 아니겠지? 혹시 엄마가 울고 있는 건 아닐까? 벌써 위험한 상황이 벌어진 건 아니겠지? 오늘 저녁에는 어떤 모습의 엄마를 마주하게 될까?'

하나같이 불안한 물음들이 머릿속을 휘돌았다. 이런 상태로 무언가에 집중한다는 것은 거의 불가능한 일이었다.

언젠가 담임인 빌리치 선생님이 집중력이 점점 떨어지는 데다 무기력해져 가는 내 모습을 알아채고는 심리 상담을 받아 보는 게 어떻겠느냐고 물었다. 정신세계에 문제가 있는 건 우리 아빠인데, 내가 치료를 받으러 가는 건 아무리 생각해도 웃긴 일이었다.

어쨌거나 아빠는 정신과를 방문하는 것뿐 아니라 그 어떤 상담도 허락하지 않을 게 뻔했다. 아빠에게 심리 상담이란 '허튼 짓거리이자 미치광이들을 위한 일'에

불과하니까. 게다가 자신이 집에서 저지르는 일이 다른 사람에게 알려지는 걸 극도로 꺼렸다. 진실이 밝혀지면 자신이 애써 가꿔 온, 멀쩡한 이미지가 훼손될 테니까. 어쩌면 너무도 당연한 일이었다.

"정신과 의사한테든, 누구한테든 찾아가서 나에 대해 지껄일 생각은 꿈도 꾸지 마."

아빠는 딱 한 번 위협적인 목소리로 내게 경고를 했다. 그래서 심리 상담을 받으러 가야 할지 말아야 할지 고민조차 하지 않았다. 나는 그 순간 엄마를 떠올렸다. 아빠는 내가 엄마를 생각해서라도 입에 자물쇠를 채울 거라는 걸 잘 알았던 거다.

언젠가 과학 수업이 끝난 뒤, 빌리치 선생님이 집에 혹시 무슨 문제가 있느냐고 물었다. 나는 그 어떤 문제도 없다고 대답할 수밖에 없었다.

"나탕이라는 애에 대해서는 언제 얘기해 줄 거야?"

나는 깜짝 놀라 엉덩이를 반쯤 걸치고 있던 의자에서 그만 떨어질 뻔했다. 간신히 중심을 잡아 제대로 앉은 뒤, 무언가를 기대하는 눈빛으로 나를 바라보고 있는 엄마를 마주 보았다.

존재하지도 않는 나의 사랑 얘기로라도 마음속 침울함을 덜어 내고 있는 것 같아 다행이었다. 그런데 엄마는 잘 알지도 못하는 그 아이가 행여나 아빠처럼 돌변하지는 않을까 걱정하지는 않는 듯했다.

나탕은 겉으로는 폭력과는 아주 거리가 먼 아이처럼 보였다. 하지만 실제로도 친절하고 악의 없는 아이일지는 장담할 수 없었다. 겉으로 봐서는 사람들의 진짜 모습을 알기가 어려우니까. 그러니 조금 뒤로 물러나서 살펴볼 필요가 있다. 어쩌면 아주아주 멀리 떨어져서 바라봐야 할지도.

이런 게 바로 내 현실이다. 마시멜로처럼 말랑말랑한 로맨스와는 하염없이 동떨어진.

나는 남자들이 무섭다. 그들은 내게 야수와도 같다. 물론 모든 남자가 다 그렇지는 않다는 걸 나도 알고 있다. 그렇지만 자라는 내내 아빠가 주는 공포에 시달려 왔는데, 남자를 어떻게 쉽사리 신뢰할 수가 있을까? 눈앞에 있는 유일한 남성 표본이 남을 마음대로 조종하는 인간인데, 어떻게 다른 남자를 의심하지 않을 수 있을까?

심지어는 사랑스러운 동생들마저 언젠가 아빠처럼 변할 수도 있다는 두려움에 식은땀이 흐르기도 했다. 나는 본능적으로 사람을 경계하고, 혹시라도 있을 위험으로부터 나 자신을 보호하려 애썼다. 엄마처럼 덫에 걸려 학대당하는 삶을 살고 싶지 않았다.

종종 나탕을 안거나 품에 안기는 상상을 할 때도 있

었다. 비록 아무 소용 없는 상상이지만.

그래서 내게 장밋빛 인생이란 없었다. 달콤한 사랑보다는 나의 안전이 더 중요했다. 불길한 예감에 휩싸이거나 공포와 두려움이 밀려오는 걸 어떻게든 극복하고 싶었지만 생각만큼 잘되지 않았다.

누구에게도 이런 나의 감정을 드러내 보일 수 없었다. 친구들은 나를 이상하게 볼 테고, 엄마는 죄책감에 시달릴 게 분명했다. 그리고 나탕은 나를 동정하겠지. 나탕의 동정심을 얻느니, 차라리 이 사실을 모르게 하는 편이 더 나았다.

나는 나탕과 상상 속에서만 이야기를 나눴다. 내가 모든 것을 통제할 수 있고, 나탕이 나쁘게 변할 위험이 없는 안전한 곳에서만. 그러다 다시 현실로 돌아오면, 내게는 절대 오지 않을 그 장밋빛 날을 그리워하며 슬픔에 빠졌다.

황금빛 가면의 남자

눈앞에 분홍빛 구름이 나타났다.

눈앞에 분홍색 옷을 걸친 사람이 우뚝 멈춰 섰다. 그 사람은 엄마와 나를 번갈아 보더니 눈살을 찌푸리며 이렇게 물었다.

"여기서 뭐 하는 거예요?"

집요하리만큼 친절했던 간호사와 다른 색 옷을 입고

있었다. 간호조무사인 듯했다. 그게 아니라면 자기 삶에 부족한 색깔을 가운에다 넣었을 수도 있고. 우리를 그렇게 심각한 표정으로 살펴보지 않았다면, 오히려 내 쪽에서 동정심을 느꼈을지도 모르겠다.

"가족이 오기를 기다리고 있어요. 여기서 기다려도 된다고 안내 받았거든요."

엄마가 예의 바른 목소리로 대답했다.

엄마는 자신의 말에 아무 대꾸도 하지 않는 사람의 눈치를 보며 금방이라도 자리를 옮길 준비를 했다.

남자는 고집스러운 얼굴을 하고서 땅에 박힌 말뚝처럼 꼼짝도 하지 않았다. 우리 사정 따위에는 조금도 관심이 없고, 그저 우리가 지금 당장 여기를 떠나야 한다는 듯이. 갑자기 부아가 훅 치밀었다.

"우리가 그쪽한테 피해 준 거라도 있어요? 길을 막고 있는 것도 아니고, 시끄럽게 떠드는 것도 아니잖아요!"

"리라……."

엄마가 나를 진정시키려 했지만, 좀처럼 화가 수그러들지 않았다. 나는 계속해서 쏘아붙였다.

"여기에 사람이 앉아 있는 게 그렇게 거슬리면 의자를 놓지 말았어야죠! 우리라고 여기 있는 게 좋은 줄 알아요? 우리가 뭐, 관광이라도 하러 왔을까 봐서요?"

남자의 표정을 보아하니 기분이 몹시 상한 듯했다. 내 말에 대꾸하려 입을 달싹이는 순간, 희끗희끗한 머리를 틀어 올린 여자가 급히 남자를 불렀다.

"마뉘!"

여자는 다른 말을 덧붙이지 않았지만, 잔뜩 찌푸린 얼굴에서 이런 말을 읽을 수 있었다.

"얼른 움직이지 못해!"

물론 내 희망 사항이긴 하지만.

어쨌든 미스터 핑크는 서둘러 자리를 뜨며 우리에게

짤막하게 사과했다.

"미안합니다……."

남자는 여자에게로 급하게 뛰어가다 바닥에 놓인 엄마 핸드백의 손잡이에 발이 걸리고 말았다. 다행히 넘어지지는 않았지만, 별 볼일 없는 체면을 유지하느라 우리를 쳐다보지도 않고 휙 가 버렸다.

반쯤 엎어진 핸드백에서 립밤과 펜이 빠져나왔다. 엄마가 몸을 앞으로 기울였다. 나는 엄마보다 빨리 움직였다. 바닥에 떨어진 물건을 주워 핸드백에 다시 담았다. 그러고는 엄마 무릎에 살며시 올려 두었다.

"내 휴대 전화……."

엄마는 걱정스러운 목소리로 중얼거리더니, 가방에 얼굴을 파묻고 그 속을 헤집었다. 하지만 휴대 전화를 찾지는 못했다. 엄마 핸드백에는 안주머니가 없었다. 그런데도 소중한 남편이 준 선물이라 어쩔 수 없이 들고 다닐 수밖에 없었다.

　나는 엄마 핸드백 속을 마구 뒤적였다. 삼십 초 정도 지났을까? 손가락 끝에 차가운 직사각형 물건이 닿았다. 나는 의기양양하게 그것을 집어 들었다.

　휴대 전화 화면이 일순 켜졌다가 꺼졌다. 잠깐이었지만 배경 화면 사진이 무엇인지 알아채기엔 충분했다. 아빠 얼굴이 꽉 들어찬 사진이었다. 눈과 심장에 불이 붙는 것 같았다. 나와 동생들의 흔적은 조금도 찾아볼 수 없었다.

　내 마음을 알아차렸는지, 엄마가 변명하듯 말했다.

　"미안해. 아빠가 바꾸라고 해서 어쩔 수 없었어."

　아빠가 사진을 바꾸라고 강요했는데, 왜 엄마가 사과를 하는 걸까? 엄마는 짐승만도 못한 배우자의 변덕에 맞추기 위해 자신보다 소중한 자식들의 사진을 휴대 전화 배경 화면에서 지워 버렸다. 그저 배경 화면을 바꿨을 뿐인데도 마음이 몹시 아팠다.

원래는 엄마의 휴대 전화 배경 화면에 엄마와 나, 그리고 뱅자맹과 레오, 이렇게 네 사람이 함께 있는 사진이 있었다. 넷이 함께해서 빛나고 행복했던 날이었다.

아빠가 일 때문에 갑작스레 집을 비웠던 어느 토요일, 엄마는 우리를 데리고 공원으로 소풍을 갔다. 배도 타고, 달콤한 크레이프도 사 먹고, 원반던지기도 했다. 진짜 많이, 아주 많이 웃었다. 아무 걱정 없이 자유로운 기분을 느꼈던 날이었다.

그런데 지금은 그 아름다웠던 날을 추억할 만한 사진이 한 장도 남아 있지 않았다. 한껏 가식적인 포즈를 취하고 있는 아빠의 모습이 그 자리를 채우고 있었다.

아빠는 이렇게 지극히 개인적인 부분까지도 파고들어 엄마를 조종하려 들었다. 그런 식으로 자신의 까다롭고 별난 성격을 무조건 떠받들게 만들었다. 정말이지 역겹기 짝이 없었다.

"미안해, 리라."

엄마가 말했다.

"이건 그 사람의 진짜 모습도 아니잖아!"

나는 이를 꽉 물고 분노를 참으려 애썼다.

엄마는 별말 없이 고개를 끄덕였다. 엄마도 나만큼이나 잘 알고 있었다. 화면 속 그 사람은 진짜가 아니라는 걸.

그는 바깥세상을 속이기 위한 용도일 뿐이었다. 말하자면 아빠의 쌍둥이나 마찬가지였다. 혹시나 우리가 자신의 비밀을 밝히더라도, 사람들이 우리 말을 믿지 못하게 자신을 보호하려고 만들어 낸 가상의 인물⋯⋯. 그러니까 자신의 이중성을 가리기 위한 가면인 셈이었다.

나는 그에게 '황금빛 가면의 남자'라는 이름을 붙였

다. 그날의 기억은 비현실적이면서도 매우 선명했다. 내가 아홉 살 때, 우리 가족은 선한 사마리아인에게 감사를 표하는 자리에 초대를 받은 적이 있었다.

한껏 차려입고 다 함께 시청으로 갔다. 시청의 접견실에는 알록달록한 그림과 황금색 장식품이 가득했다. 시장은 아빠에게 직접 용감한 시민상을 수여했다. 누군지도 모르는 많은 사람들이 아빠를 향해 박수를 쳤고, 몇몇 사람은 아빠 품에 안겨 고마움의 눈물을 흘렸다.

그날 나는 우리 아빠가 정말로 자랑스러웠다. 모두가 아빠에게 경의를 표했고, 아빠의 용기를 하늘 높이 추켜세웠다. 물에 빠진 사람을 구하기 위해 한 치의 망설임 없이 차가운 강물 속으로 뛰어든 사람의 용기를 말이다.

그 나이에도 나는 이미 아빠의 이면을 조금은 알고 있었다. 그럼에도 다른 사람들처럼 한껏 미화된 그 이야기를 믿었다. 사람들을 홀리고 휘두르는 아빠의 천부적인 재능에 당하고 말았던 거다.

하지만 그때는 아빠의 영웅적인 그 행동이 세상에서 가장 튼튼한 방패가 되어 줄 것이라고는 짐작하지 못했다. 밖에서는 사람 목숨을 구한 용감한 의인이, 집에서는 무자비하게 폭력적으로 돌변한다는 사실을 과연 누가 믿을까?

아, 아빠는 진짜로 곤경에 처한 사람을 구하긴 했다! 맹세코 지어낸 이야기는 아니었다. 하지만 지금 생각해 보면, 그건 어디까지나 철저히 계산된 행동이었다. 명예를 얻으면서 동시에 세상을 향해 자신의 본모습을 숨기는, 그야말로 두 마리의 토끼를 한꺼번에 잡은 격이었다. 전형적인 '나르시시스트'의 이중적인 모습이랄까.

'나르시시스트'라는 말을 떠올리자, 얼굴이 절로 찌

푸려졌다. 이제 이 표현은 너무 일상적으로 사용되는 것 같다. 여러 매체의 뉴스나 학교에서 들리는 욕설 등, 어디서든 쉽게 읽거나 들을 수 있으니까.

슬프게도 '나르시시스트'라는 표현은 본래의 파급력을 조금씩 잃어 가 이제는 그 의미조차 공허해졌다. 그렇지만 심리학적 관점에서는 아빠에게 딱 들어맞는 표현이기도 했다. 단지 '난폭'하고 '멍청'하다는 표현만으로는 그 사람의 교묘한 성격을 제대로 나타낼 수가 없기 때문이다.

우리 아빠, 그 거인, 그 사악한 존재는 한마디로 왕자 같은 괴물이었다. 내게 그 황금빛 날은 사회가 아빠의 가면 놀이에 속아 넘어가고, 심지어 아빠를 칭찬하기까지 하면서, 아빠에게 '양심적이고 결백한 사람'이라는 알리바이를 만들어 준 날이었다.

빨간 웅덩이

내 몸과 마음은 갈피를 잡지 못하고 쓰러져 선홍색 웅덩이 안으로 미끄러졌다.

나의 머리는 무자비하게도 호화로웠던 황금빛 날의 기억에서 나를 끄집어내 차디찬 핏빛의 기억으로 이끌었다. 황금빛 날의 기억에서 나는 현실에 분노하고 저항하다가 결국 산산조각이 났다. 나도 모르는 사이, 더

럽고 차가운 바닥에 내동댕이쳐져 있었다.

이제 막 중학교에 입학한 나는 현관문을 열자마자 곧장 부엌으로 향했다. 역사 선생님이 갑작스레 결근을 하는 바람에 학교가 일찍 끝난 날이었다. 오후 수업이 힘들어서 잔뜩 허기가 져 있던 터라, 입안 가득 침이 고인 채로 별다른 생각 없이 간식을 찾아 부엌으로 들어갔다.

그런데 바닥의 끈적끈적한 무언가에 미끄러져 그대로 넘어지고 말았다. 잠시 시간이 멈췄다. 어리둥절했다. 바닥에 튄 자국의 정체를 알아채기까지는 시간이 좀 걸렸다.

빨갛고, 빨갰다. 불현듯 무언가가 뇌리를 스쳤다. 엄마! 소스라치게 놀라 허둥지둥 고개를 들었다. 눈앞에 엄마가 보였다. 엄마는 아무 말 없이 개수대에 피가 흐르는 팔꿈치를 기대고 있었다.

나는 팔로 바닥을 짚고 몸을 일으켜 엄마에게로 달려갔다. 갑자기 넘어진 탓에 꼬리뼈가 아파 왔지만 그런 걸 신경 쓸 상황이 아니었다.

엄마 발밑에는 피 묻은 칼이 떨어져 있었다. 그 사람이 엄마를 칼로 찌른 게 분명했다. 만에 하나 엄마가 죽는다면……. 내가 당장 그 사람을 죽여 버릴 거야! 맹세코 죽여 버리고 말겠어! 나는 속으로 울부짖었다.

엄마에게 다가갔지만, 뭘 어떻게 해야 할지 몰라 멍하니 그저 옆에 서 있었다. 한없이 창백한 얼굴을 한 엄마가 미안하다는 듯 슬픈 눈으로 나를 바라보았다. 입술을 달싹이며 무어라 말을 하려는 듯했지만, 내게는 아무것도 들리지 않았다. 나는 무성 영화 한가운데에서 헤엄치고 있었다.

"상처가 그렇게 깊지는 않은 것 같아. 보기보다 심하지 않아. 진짜야."

엄마 말이 드디어 내 귀에 닿았다.

"아빠는 나갔으니까 걱정하지 마. 리라, 이런 부탁을 해서 정말 미안한데, 엄마 좀 도와줘. 엄마 팔이……."

엄마 팔이 빨갰다.

"……구급상자 좀 갖다 줘. 그리고 네 동생들한테는 1층으로 내려오지 말라고 해."

그 말은 동생들이 엄마랑 아빠가 싸우는 소리와 엄마가 지르는 비명을 다 들었다는 뜻이었다. 동생들에게 이건 결코 정상적인 삶이 아니었다.

엄마에게 어떻게 된 일이냐고 물을 필요는 없었다. 아빠가 일하는 시간은 고정적이지 않아서, 연락도 없이 아무 때나 집에 들이닥치는 경우가 많았다. 아빠는 불시에 기차표를 확인하는 승무원처럼 불쑥불쑥 엄마를 취조했다. 이번에도 잘못 들은 말을 꼬투리 잡았거나, 상상 속 애인을 들먹이며 화를 냈을 게 분명했다.

빨갛고, 빨갰다……. 가슴이 몹시 두근거렸지만, 동생들을 안심시키기 위해 계단을 두 칸씩 뛰어 올라갔다. 나는 쌍둥이에게 아빠의 발작이 끝났다고, 깨진 접시만 치우면 된다고, 혹시나 접시 파편에 발을 다칠 수도 있으니 지금은 내려오지 말고 좀 더 기다리라고 말했다.

그사이 식욕이 싹 달아나 버렸다. 하지만 동생들에게는 이따가 아주 맛있는 간식을 주겠다고 약속했다. 동생들에게 거짓말을 하며 진실과 타협하는 나 자신에게 구역질이 났다. 늘 이런저런 말들로 속이는 건 부모님이나 나나 조금도 다를 바가 없었다.

"우리랑 같이 있어, 누나! 좀 전에 너무 무서웠단 말이야……."

"우리만 두고 내려가지 마. 조금만 있다가 가."

동생들이 흐느끼며 말했다.

이 아이들을 여기에 내버려두고 가야 하는 현실이 너무나 원망스러웠다. 동생들을 품에 안은 채 다정히 위로해 주고 싶었다.

"금방 다시 올게!"

이렇게 약속한 뒤, 욕실로 달려갔다. 배 속에 커다란 돌덩이가 내려앉는 기분이었지만, 욕실에서 구급상자를 챙겨 다시 계단을 뛰어 내려갔다. 우선 엄마에게만 집중하자고 마음을 다잡았다. 지금은 엄마의 출혈을 막는 일이 가장 급했다.

나는 1층으로 내려가서 부엌으로 향했다. 빨갛고, 빨갰다……. 타일 바닥에 찍혀 있는 붉은 점들을 피해 조심조심 걸었다. 이번에는 넘어지지 않았다. 분노가 일으킨 힘 덕분이었다.

엄마는 개수대에 겨우 몸을 기대고 있었다. 얼굴이 너무 창백해서 금방이라도 연기처럼 사라져 버릴 것만 같았다. 아무리 생각해도 나 혼자 어설프게 간호사 놀이를 하고 있을 때가 아닌 듯했다. 엄마가 저런 상태로 스스로 붕대를 감는 건 더더욱 아닌 것 같았다. 당장 구급차를 불러야 했다.

하지만 우리는 그렇게 하지 않을 것이다. 그게 우리 집의 규칙이다. 무슨 일이 있어도 반드시 그렇게 하도록 정해 놓은 규칙.

대체 어쩌다가 이렇게 된 건지 이제 더는 모르겠다. 아빠를 증오한다. 엄마가 원망스럽다. 아니, 엄마를 증오한다. 아빠가 원망스럽다. 머릿속에서 모든 것이 뒤죽박죽 뒤섞였다. 뭐가 뭔지 모르겠다. 모든 게 혼란스러웠다.

빨갛고, 빨갰다……. 검붉은 색의 안개를 뚫고 어떤 목소리가 들려왔다.

"리라, 괜찮아?"

연보라색
레이스 덮개

"리라, 괜찮아?"

다정한 목소리, 그리고 안개처럼 새하얀 바닥.

"무슨 생각을 하고 있길래 의자에서 떨어지는 것도 몰라? 괜찮아? 일어날 수 있겠어?"

엄마가 놀란 목소리로 물었다.

나의 의식은 나를 다시 현재로 보냈다. 원망이 가득

한 붉은 기억에서 빠져나올 수 있도록 꽤 강렬하게 말이다. 그렇지만 나는 여전히 아팠다. 또 한 번 시야가 흐릿해지기 시작했다. 아냐, 아냐, 아직은 안 돼. 제대로 숨을 쉴 수조차 없었다고!

그저 이대로 물속으로 가라앉고 싶었다. 신화에 나오는 망각의 강 레테의 물을 한잔 마신 채로. 하지만 불행하게도 나의 머리는 조금도 쉴 틈을 주지 않았다. 다시금 과거의 심연으로 가라앉았다.

나는 소파에 앉아 탁자에 깔린 연보라색 레이스 덮개를 초조하게 바라보았다. 여기는 할머니 집이다. 체육 수업을 몰래 빠진 뒤, 버스를 타고 여기까지 왔다. 나중에 문제가 생기겠지만 더는 물러날 수 없었다. 이번만큼은 내 고통을 먼저 생각했다.

예고도 없이 불쑥 초인종을 누르자, 할머니는 나를 날카롭게 쏘아보고는 안으로 들인 뒤 차를 한잔 내주었다. 그 차가운 태도가 이야기를 털어놓을 용기를 단번에 꺾어 버렸다. 나는 할머니를 똑바로 보지 못하고, 소파 팔걸이를 장식한 보라색 덮개만 연방 곁눈질했다.

나는 끝내 고개를 들지 못한 채 우물거리며 비밀을 털어놓았다.

"아빠가 엄마한테 너무 못되게 굴어요. 자주 그래요. 너무 자주요……."

할머니는 버럭 화를 내지도, 깜짝 놀라지도 않았다. 그 침착한 태도에서 왠지 모를 기품마저 느껴졌다.

"그래서 내가 무슨 말을 해 주길 바라니?"

이게 끝인가? 할머니는 자기 딸에게 조금도 관심이 없는 걸까? 손주인 나와 동생들에게도?

나는 다른 반응을 기대했다. 내 말을 듣고 분노에 차오른 할머니가 우리 집으로 쳐들어와 아빠를 내쫓은 다음, 경찰에 신고해 감옥에 보내 버리겠다고 으름장을 놓기를 바랐다.

  나는 정신을 가다듬고는, 좀 더 자세하고 명확하게 설명해야겠다고 생각하며 다시 입을 열었다. 그런데 그 순간, 할머니가 내 말을 가로막았다. 나는 레이스의 무늬를 멍하니 바라보면서 할머니가 쏟아 내는 잔소리를 가만히 들었다.

  "나는 네 엄마에게 네 아빠와 결혼하지 말라고 분명히 말했어. 그러니까 이건 네 엄마가 감수할 일이다. 처음 네 아빠 집에 갔을 때, 부서진 문이 두 짝이 있었다고 하더구나.

  네 아빠도 자기가 그랬다고 순순히 말했다지. 나쁜 일이 있어서 문에다가 주먹질을 해 댔다는 거야. 나는 그런 남자는 폭력적일 거라고 네 엄마한테 분명히 경고했어. 절대로 남편으로 삼아선 안 된다고. 하지만 네 엄마는 사랑에 눈이 멀어서 내 말을 듣지 않았지. 심지어는 내 말에 코웃음을 쳤다면 믿겠니?

리라, 네 엄마는 자기가 원하는 걸 얻었어. 본인이 원하지 않으면 그 누구도 그 사람을 도울 수 없지. 노력해야 하는 건 바로 네 엄마야. 조금이라도 의지를 갖고서 거기서 벗어나려고 해야지. 네 아빠한테 맞는 것이 두렵다고 해서 모든 걸 정당화할 수는 없어."

나는 구역질이 치밀어 올라 그만 자리에서 벌떡 일어났다. 할머니의 말은 충분히 알아들었다.

할머니는 엄마에 대한 비난을 늘어놓으면서도 나와 동생들을 자기 집에서 재워 줄 수는 있다고 했다. 하지만 나는 그러고 싶은 마음이 눈곱만큼도 없었다.

그때 나를 가장 괴롭게 한 것이 정확히 무엇인지 알지 못한다. 할머니가 우리 상황을 이미 알고 있었다는 걸 알게 돼서? 아니면 엄마가 아빠에 대한 경고를 예전에 이미 듣고도 무시했다는 사실 때문에?

할머니는 나를 진정시키려고도, 붙잡으려고도 하지 않았다. 나는 현관문을 쾅 닫고 할머니 집에서 나왔다. 그러고는 몰래 가져온 레이스 덮개를 주머니에서 꺼내 복수하는 마음으로 하수구에 던져 넣었다.

그러고는 가느다란 물줄기가 연보라색 레이스 덮개와 이제는 다 사라져 버린 내 환상들을 서서히 적시는 걸 가만히 바라보았다.

에메랄드빛
탄산음료

"정신을 잃으려고 해요!"

누군가 두 팔로 나를 붙잡아 조심스럽게 일으켜 세우고는 의자 등받이에 기대 앉혔다.

다시금 현실로 돌아온 것이다. 내 잠재적 기억이 가진 힘에 어안이 벙벙했다. 그러다 몹시 걱정스러운 표정을 하고 있는 두 얼굴을 보았다.

"너, 기절하는 줄 알았어."

엄마가 내 팔을 어루만지며 말했다.

"내가 널 여기서 내쫓으려 하는 것처럼 느껴질 수도 있겠지만, 내 생각에는 밖으로 나가 신선한 공기를 쐬는 게 어떨까 싶어."

머리가 조금씩 기능을 되찾기 시작하면서 지금의 상황을 이해하기 시작했다. 바닥에 쓰러진 나를 다시 의자에 앉힌 사람은 아까 그 '마녀'였다. 그사이 분홍색 가운을 벗고 다른 옷으로 갈아입은 모양이었다.

"뭐 마실 거라도 가져다줄까?"

어쩌면 마녀는 원래 배려심이 많은 사람인지도 몰랐다. 내가 고개를 흔들어 거절하자, 이번에는 손을 내밀며 말했다.

"자, 바깥바람을 쐬러 나가자."

나는 망설이다가 엄마에게 어떻게 하면 좋겠냐는 뜻

으로 눈빛을 보냈다. 엄마가 살며시 고개를 끄덕였다.

"몇 분 만이라도 나갔다 오자. 네가 사랑하는 이 의자에 다시 데려다줄 테니 걱정하지 말고."

마뉘는 장난스럽게 덧붙였다.

우리는 미로 같은 복도를 지나 바깥으로 나갔다.

"아, 이제 얼굴에 혈색이 좀 도네! 다행이야!"

마뉘는 친절하긴 하지만 좀 피곤한 스타일이었다. 나는 대화를 나누기보다는 그저 신선한 공기를 들이마시고 싶을 뿐이었다.

엄마는 함께 나오지 않았다. 혹시라도 병원에 도착한 할머니 눈에 우리 둘 다 안 보이면 다짜고짜 직원들한테 화부터 낼 게 뻔하기 때문이었다.

마뉘를 따라 병원 정문에서 멀리 떨어진 출구로 걸어 나갔다.

"아까는 말이야……."

마녀가 조심스런 목소리로 입을 열었다.

나는 마녀가 아까 있었던 일에 대해 진심으로 사과할 것 같다는 생각이 들어서 재빨리 말을 끊었다.

"신경 쓰지 마세요. 벌써 다 잊었어요. 누구나 유난히 운이 나쁜 날에는 기분이 가라앉잖아요. 나도 잘못했으니까 그냥 넘어가요."

마녀는 고개를 끄덕이다가 호기심 어린 표정을 지어 보였다. 다행히도 대화를 이내 포기하는 듯했다. 후유, 나한테는 매일매일이 운이 나쁜 날이라는 걸 굳이 설명하지 않아도 되어서 다행이었다.

그제야 나는 눈을 감고 오랜만에 찾아온 침묵을 즐겼다. 화단에서 풍겨 오는 민트 향이 코끝을 간질였다. 그러자 내 기억이 그리움의 잔물결을 타고 다시금 부드럽게 떠다니기 시작했다.

눈꺼풀 아래로 엄마와 나, 두 사람의 모습이 보였다.

우리는 카페 테라스에 앉아 모처럼 평온하고도 소중한 시간을 보내고 있었다. 유리컵에는 에메랄드빛 탄산음료가 담겨 있었다. 톡 쏘는 민트 맛이 평화로웠던 어린 시절을 떠올리게 했다.

반쯤 마신 음료 위로 햇살이 반짝이며 내려앉았고, 맨살이 드러난 어깨 위로 미지근한 바람이 스쳤다. 도로를 따라 나무들이 줄지어 늘어서 있었고, 꽃들은 봄을 찬양하듯 여기저기 활짝 피어나 있었다.

이 순간을 마음속에 그대로 새겨 넣고 싶다. 아주 길게 늘여서 그 안에 영원히 숨고 싶다.

엄마가 입을 열었다.

"아빠를 떠날 거야."

오래전부터 꿈꿔 왔던 마법 같은 말이었다. 엄마는 한 번 더 힘주어 말했다.

"아빠랑 헤어질 거야. 결심했어. 그런데 제대로 준비

하려면 시간이 좀 필요해. 너하고 레오, 뱅자맹이 더는 이런 삶을 살게 하고 싶지 않아. 그동안 너희가 너무 많이 참고 견뎠지. 이제 진짜로 아빠를 떠날 거야."

나는 당장이라도 엄마를 부둥켜안고 싶었지만, 무언가가 나를 의자에서 떨어지지 못하게 붙잡았다. 눈물이 엄마의 두 볼을 타고 흘러내렸다.

"미안해, 리라. 아빠가 처음부터 이랬던 건 아니야. 엄마가 그렇게 믿고 싶은 것일 수도 있지만. 아빠가 본 모습을 드러냈을 때, 처음에는 사랑하는 마음이 커서 아빠 옆에 남아 있었어. 아빠가 바뀌려고 노력할 거라는 확신과 희망을 품고 있었던 거야. 엄마가 순진했지. 그 후에는 수치심과 두려움이 엄마를 옭아맸어."

나는 아무런 말도 없이 엄마의 고해 성사를 듣고만 있었다. 잘못한 사람은 엄마가 아니라 아빠라고 맞장구를 쳐야 했다. 나를 안심시키는 소식을 전하는 엄마를 위로하는 게 맞았다. 하지만 목구멍에 무언가가 걸린 듯 아무 말도 나오지 않았다. 어쩌면 나는 마음 깊은 곳에서 엄마를 조금, 아니 어쩌면 많이 원망하고 있었는지도 모르겠다.

"나도 모르는 사이에 아빠는 내 인생을 조금씩 지배해 나갔어. 너희의 인생까지도 말이야. 나중을 위해서라도 너는 이걸 꼭 기억했으면 해. 그 누구에게도 네 인생을 마음대로 지배하고 통제할 권리는 없다는 거. 다른 사람이 네 인생을 대신 살게 하지 마, 절대로."

엄마가 이런 철학적인 충고를 하리라고는 미처 짐작하지 못했다. 엄마와 조금도 어울리지 않는 데다 사실은 틀에 박힌 말이기도 했다.

어쨌거나 나는 너무나 소중한 이 순간을 깨고 싶지 않았다. 그래서 엄마를 탓하는 대신 우리의 해방을 위해 건배를 했다. 톡톡 튀는 에메랄드빛 탄산음료가 우리의 입술을 희망의 색으로 물들였다.

다시 눈을 떴다. 민트 향은 지워지고 없었다. 유토피아를 향한 나의 바람이 흔적도 없이 흩어졌듯이. 대신에 내 가슴에는 커다란 멍만 남았다.

봄이 지나고 여름이 왔지만, 바뀐 건 아무것도 없었다. 적어도 어제까지는 그랬다.

시간이 흐를수록 엄마의 선언을 믿지 않게 되었다. 엄마는 준비하는 데 시간이 필요하다고 했다. 하지만 애써 내 눈을 외면한 채 고개를 푹 숙인 모습을 보고서 엄마가 그새 포기했다는 사실을 깨달았다.

그래서 나는 속으로 다짐했다. 성인이 되자마자 동생들을 데리고 집에서 나가겠다고.

실망만 짙어진 채 두 계절이 지난 어느 날, 빌리치 선생님이 다시금 내게 물었다.

"리라, 너 너무 피곤해 보여. 왠지 슬픈 것 같기도 하고……. 선생님한테 하고 싶은 얘기 없니?"

사실 빌리치 선생님은 방학을 앞두고 여러 차례 나를 따로 불렀다. 수업 시간에 집중하지 못하는 게 온전히 내 잘못만은 아니라는 걸 깨닫게 해 준 유일한 선생님이었다.

"그냥 잠을 잘 못 자서 그런 거예요."

어느새 나는 기계적인 대답을 반복하고 있었다. 내 입장에서는 우선 남자를 신뢰하기가 어려웠다. 비록 선생님이라고 해도. 게다가 아빠가 나나 엄마, 동생들에게 보복할까 봐 두려웠다.

"언제든 이야기를 들어 줄 사람이 필요하면 선생님이 있다는 걸 잊지 마. 지금 나에게 털어놓고 싶지 않은 마음도 이해할 수 있어. 선생님은 네 생각을 존중해."

결국 빌리치 선생님에게는 아무 말도 하지 못했다. 그 후 새 학년이 시작되면서, 빌리치 선생님은 우리 반

담임을 맡지 않게 되었다.

나는 여전히 엄마의 약속을 믿었던 걸 후회한다. 우리의 아름다웠던 봄날은 그렇게 아득히 잊혔다. 이제 다시는 그 음료수를 마시지 않을 생각이다. 그날의 기억은 내 입술에 쓰디쓴 맛을 남기고 말았다. 부서진 믿음과 지키지 않은 약속의 맛을.

이제야 내가 얼마나 큰 실수를 했는지 깨달았다. 연극 무대에서는 배우들이 녹색을 불운의 상징으로 여긴다고 한다. 그날 우리가 마신 음료는 불행의 빛깔을 띠고 있었던가 보다. 에메랄드빛 음료를 마시던 우리에게는 그 어떤 꿈과 희망의 기운도 없었던 거다. 그저 덧없는 소망만이 가득했을 뿐.

온통 회색뿐

 나도 모르는 사이에 실망을 곱씹다가 병원 복도로 돌아와 있었다. 마녀가 약속했던 대로 이리로 데려다주고 간 모양이었다.
 너무 깊게 생각에 빠져 있었나 보다. 엄마는 미동도 하지 않은 채 여전히 같은 자리에 앉아 있었다. 잠시 후 엄마가 내게 고통스러운 미소를 지어 보였다. 마치 내가 자리를 비운 동안, 멀리에서 내 민트 향 원망을 고스란히 느끼기라도 한 것처럼.

곪아 버린 상처를 터뜨리기도 전에 휴대 전화 진동음이 울렸다. 나는 주머니에서 휴대 전화를 꺼내 문자 메시지를 확인했다. 할머니였다.

이 고약한 병원에 드디어 도착했다! 주차하는 대로 곧장 올라가마! 그런데 주차장에 웬 사람들이 이렇게 많은 거니? 어항 속 멍청한 물고기들마냥 계속 빙빙 돌고만 있다!

곧바로 할머니의 두 번째 문자 메시지가 도착했다.

끝내주는구나. 유료 주차장이란 얘기는 듣지도 못했는데! 죄다 자본주의 시스템이야! 이제 무료는 아무것도 없는 게지!

우리가 여기에 영원히 앉아 있을 수 없다는 사실을 잘 알고 있었다. 그럼에도 곧 있으면 할머니가 온다는 사실이 그리 달갑지 않았다.

할머니가 도착하기 전까지는 우리 인생이 그대로 굳은 채 멈춰 있을 것이다. 현실을 빗겨 난 채로. 하지만 할머니가 나타나는 순간, 우리를 감싸고 있던 비눗방울이 터지고 말겠지.

엄마도 나와 같은 생각인 듯했다. 초콜릿색 눈동자로 나를 유심히 바라보다가, 아무 말 없이 다가와 나를 감싸안았다.

그 순간, 기억이 또 한 번 올가미처럼 나를 끌어당겼다. 내 기억은 왜 자꾸만 이 짧은 위로와 애착의 순간을 망쳐 버리는 걸까? 아무래도 내 머리는 나를 아주 싫어하는 게 분명했다.

나는 곧 기억의 무게에 짓눌리고 말았다. 하지만 기

억은 나를 저 먼 심연으로 삼키지 않고, 수면 바로 아래로 가라앉혔다. 돌아가고 싶지 않은 그 순간, 바로 어제의 기억, 나를 얼어붙게 만드는 그 장면들을 향해서 말이다.

현관문이 반쯤 열려 있었다. 집 안에서 아무 소리도 들려오지 않아, 안으로 선뜻 들어서기가 겁이 났다. 소포를 찾으러 시내에 있는 우체국에 다녀오는 길이었다. 토요일이라 그런지 우체국에는 사람이 정말 많았다.

집 앞에 도착했을 때, 정원을 손질하고 있던 이웃집 부부와 눈이 마주쳤다. 그들은 나를 보자마자 서둘러 집 안으로 들어가더니 문을 쾅 닫았다. 괜스레 불길한 예감에 휩싸이게 하다니. 정말로 기분 나쁜 사람들이었다.

현관문 앞에 서 있는 동안, 불길한 예감은 점점 더 커져 갔다. 지금은 쌍둥이가 배구를 하러 갔을 시각이었다. 동생들은 농구를 하고 싶어 했지만, 아빠는 자기 마음대로 배구 학원에 등록해 버렸다. 그렇다고 애들이 현관문을 열어 놓고 가지는 않았을 텐데…….

현관문 너머에는 무겁고 불길한 적막이 흐르고 있었다. 집으로 들어갔다가 사방에 튀어 있는 붉은 피를 마주하게 될까 봐 더럭 겁이 났다. 하지만 나는 끔찍한 기억을 애써 떨쳐 내고 두 손을 불끈 쥔 채 너무도 고요한 집 안으로 어기적어기적 들어갔다.

아무런 인기척이 없었다. 오래되어 낡은 탁자에 택배 상자를 내려놓고서 나직이 엄마를 불렀다.

"엄마, 안에 있어?"

아무 대답이 없었다. 그 어떤 소리도 들리지 않았다. 그렇다고 아빠를 부르지는 않았다. 쓸데없는 짓이니까. 아빠가 집에 있다면 이렇게 조용할 리가 없었다. 어쨌든 내가 지금 걱정하는 건 그 사람이 아니었다.

나는 다시 엄마를 불렀다.

"엄마?"

엄마가 힘이 빠진 나머지, 내 목소리를 듣지 못하는 걸 수도 있었다. 아빠가 엄마를 너무 심하게 때리지 않았기를, 어딘가로 무작정 끌고 나가지 않았기를…….

실제로 아빠는 엄마를 납치하다시피 한 적이 있었다. 그것도 바로 우리 눈앞에서. 상상 속 애인인 '다른 남자'와 대면시키겠다는 게 이유였다.

그때 뱅자맹과 레오는 겁에 질려 어쩔 줄 몰라 했다. 다행히 아빠는 얼마 지나지 않아서 다시 엄마를 데리고 돌아왔다. 상상으로 만들어 낸 인물을 실제로 만날 수는 없었을 테니까.

반쯤 열려 있던 현관문 때문에 그 한심한 일화를 떠올리고야 말았다. 아빠가 질투에 미쳐 분노할 때는 항상 현관문이 열려 있었다. 그건 급하게 집을 나섰다는 걸 뜻했다.

대부분의 경우, 아빠는 폭력을 휘두르고 난 뒤 자신이 남긴 흔적들을 뒤로한 채 도망을 쳤다. 언제나 뒷수습은 우리 몫이었다. 몇 시간 정도 지나서 진정이 된 후에야 집으로 돌아오는데, 간혹 행복했던 지난날처럼 꽃을 한 다발 사 들고 오기도 했다.

할 수만 있다면 그 꽃다발을 아빠 입에 쑤셔 넣고 싶었다. 게다가 이제는 그 꽃다발을 아내에게 직접 건네는 수고로움도 생략한 채 탁자 위 꽃병에 바로 꽂아 버렸다. 이제는 아빠의 꽃 선물에 속는 사람은 아무도 없었다. 동생들이야 아직 아빠의 진심을 믿고 있을지도 모르겠지만.

훨씬 더 어렸을 때는 아빠의 변덕에 혼란스러움을 느끼기도 했다. 어느 날엔가는 자신이 때린 엄마를 다정하게 치료해 주었다. 엄마의 상처를 소독하다가 눈물을 줄줄 쏟으며 "미안해, 내 사랑. 미안해, 미안해."란 말을 반복했다. 어쩌면 그렇듯 난폭하게 폭행을 하다가 순식간에 자상한 모습으로 돌변할 수 있는지 도무지 이해가 가지 않았다. 당연히 그럴듯하게 연기를 하는 것이었겠지만.

"엄마?"

거실을 지나 다른 곳으로 가면서 바닥에 붉은 자국이 보이지 않는다는 사실에 안도했다. 다행히 피 한 방울 발견하지 않은 채 1층 수색을 마쳤다. 하지만 계단을 올라 2층으로 향할 때는 심장이 자꾸만 조여들었다. 내출혈이나 골절처럼 피가 흐르지 않는 상처가 생겼을지도 모른다는 생각이 들어서였다.

2층에서도 역시 아무 소리가 들리지 않았다. 오히려 1층보다 더 짙은 적막이 내려앉아 있었다. 이윽고 부모님 방 앞에 다다랐다. 아무렇게나 던져진 베개와 깨진 바닥 타일, 뒤집힌 탁자가 차례로 눈에 들어왔다.

바로 여기서 아빠의 분노가 폭발했구나. 나는 재빨리 엄마를 찾기 시작했다. 침대 밑까지 샅샅이 살펴봤지만 엄마는 보이지 않았다.

방에서 나와 계속해서 엄마를 찾아다녔다. 화장실과 내 방, 동생들 방까지 샅샅이 둘러보았지만 아무런 흔적도 없었다. 그러다 욕실 앞에 다다랐다.

욕실 문은 꼭 닫혀 있었다. 이런 말은 좀 슬프지만……, 마음이 약간 편안해졌다. 익숙한 전개였기 때문이다. 난폭한 학대를 당한 뒤 온몸에 상처가 생기고 치욕스런 기분에 빠진 엄마는 자신의 은신처로 들어가 스스로를 다독이곤 했다.

나는 욕실 문을 두드렸다.

"엄마, 나야. 괜찮아? 아빠는 집에 없어. 내가 들어가서 좀 도와줄까?"

욕실 문에 귀를 바짝 대 보았지만, 안에서는 아무런 기척이 느껴지지 않았다. 만약 엄마가 기절했으면 어쩌지? 문손잡이를 위아래로 움직였다. 이상하게도 문이 잠겨 있지 않았다. 나는 문을 활짝 열었다.

회색이었다.

처음 내 눈에 들어온 건 엄마의 회색 옷이었다. 진회색 바지 정장을 입은 엄마는 마치 조그만 생쥐 같았다. 내가 두려워했던 일이 기어이 일어나고야 말았다. 엄마는 고통을 이기지 못하고 무릎을 꿇은 채로 욕조에 몸을 반쯤 걸친 채 기절해 있었다.

다행히도 저번처럼 새빨간 자국은 없었다. 회색이었다. 오로지 회색뿐이었다.

"엄마! 내가 왔으니까 이제 걱정하지 마. 내가 얼른 구해 줄게."

나는 엄마에게로 달려가 몸을 숙였다. 그제야 욕조

에 물이 가득 차 있는 게 보였다. 반사적으로 손을 넣어 보니, 물이 얼음장처럼 차가웠다. 대체 이게 무슨 상황인지 이해가 되지 않았다. 나는 엄마의 어깨를 붙잡았다.

그 순간, 거친 손 하나가 툭 하고 나를 건드렸다. 화들짝 놀라 몸이 부르르 떨렸다. 나는 과거의 하루에서 떨어져 나와 다시 현재의 순간으로 돌아왔다.

"쓸데없는 공상에 빠져 있고 싶으면 딴 데 가서 해!"

할머니가 왔다. 공감 능력이라고는 조금도 없는 할머니가.

엄마는 나를 가만히 바라보며 후회가 묻어나는 미소를 지었다. 가여운 우리 엄마는 여전히 어제와 같은 옷을 입고 있었다.

그래, 빨갛지 않았다. 그저 회색뿐이었다.

나는 지금 내 정신세계와 치열하게 싸우고 있다. 끝

끝내 기억의 마지막 장면을 보여 주겠다며, 나를 어제로 데려가려는 걸 힘겹게 거부하고 있는 중이다. 할머니가 이런 내 상태를 알아차린다면 당장이라도 정신병원에 집어넣을 테지.

할머니는 역시나 조금의 인내심도 보이지 않았다.

"얼른, 일어나서 움직여! 여기서 평생 살 거야?"

할머니는 자기 딸에게 조금도 신경 쓰지 않았다. 나는 곁눈질로 할머니의 딸을 살폈다. 입고 있는 옷만큼이나 안색이 어두웠다. 그간 겪은 일 때문에 몸은 한층 더 쇠약해져 있었다. 걷는 것조차 힘들어 보였다. 우선은 안정적으로 호흡을 하면서 몸을 회복하는 게 먼저였다.

할머니는 우리를 기다리지 않고 단호한 걸음걸이로 먼저 걸어 나갔다. 엄마와 나는 미리 입이라도 맞춘 듯 할머니를 따라 움직이지 않았다.

얼마 후, 할머니가 되돌아왔다. 나는 화가 잔뜩 난 할머니 얼굴에 대고 말했다.

"네네, 알았어요, 우리도 따라간다고요. 급할 거 없잖아요. 너무 각박하게 굴지 좀 마세요. 엄마가 아직 힘들어하니까 좀만 더 쉬었다 가자고요!"

내 말에 할머니 얼굴이 순식간에 일그러졌다. 알 수 없는 표정 때문에 주름이 한층 더 깊게 파였다. 당황한 기색이 역력했다. 그렇다고 할머니 뜻에 굴복하지는 않을 거다. 이 상황에서 너무한 건 할머니가 아닌가?

할머니가 맥없이 주저앉았다. 내가 미처 말릴 틈도 없이 엄마 무릎에 앉아 버렸다. 그러자 엄마의 형체가 스르르 사라졌다.

"리라, 네 엄마는 죽었어."

할머니가 말했다.

아니야, 그런 거 아니야. 아무 말도 듣고 싶지 않아!

엄마는 의식이 없었다.

나는 어젯밤에 119에 급히 전화를 했다. 엄마는 병원으로 실려 갔고, 뒤이어 의사와 간호사들이 엄마를 살려 냈다.

사령관의 목소리가 나긋하게 바뀌었다. 그 목소리를 듣고 있자니, 차라리 귀가 멀고 싶어졌다.

"리라, 기억 안 나니? 네 아빠가……, 엄마를 물에 빠뜨려 죽였어."

심장이 폭발하다 못해 산산조각이 났다. 팔다리가 모두 절단된 동물이 된 듯했다.

욕조에 물이 가득 차 있었다.

나는 목 놓아 울부짖었다. 온몸으로 절규하며 고통

을 쏟아 냈다. 엄마. 이 고통의 비명을 평생토록 질러 댄대도 모자랄 거야. 엄마를 계속 이 세상에 존재하게 하고 싶은 나머지, 헛된 망상에 빠졌던가 봐. 유령이라도 붙잡고 싶었나 봐.

내 머리가 나를 혼란 속에 빠뜨렸다. 진실이 드러난 자리에는 결핍과 부당함, 그리고 공포가 남았다. 나의 기억은 색깔들로 나를 속였던 거다.

엄마, 난 어제 엄마가 죽을 위기에서 벗어났다고, 간신히 다시 살아났다고 너무나 믿고 싶었어. 대체 왜?

그때처럼 빨간색은 없었잖아! 온통 회색뿐이었잖아.

# 색깔 없는 밤

리라 고티에. 이제는 죽은 여자의 딸, 그리고 죽어 버린 비열한 남자의 딸.

경찰이 추적해 오자, 그 사람은 자살을 시도했다. 내가 엄마를 발견하고 겨우 두 시간 만에 벌어진 일이었다. 엄마가 살아 있을 때, 경찰이 이렇듯 재빠르게 움직여 주지 않았던 게 너무나 안타까웠다.

그 사람의 시도는 실패했다. 아마 그가 유일하게 실패한 한 방이었을 거다. 상태가 워낙 심각해서 큰 수술을 받아야 했다. 내가 마지못해 할머니를 따라갔을 때도 그 사람은 여전히 수술을 받고 있었다.

"의사들이 끝내 살리지 못했다고 하는구나."

어정쩡하게 저녁 식사를 끝내려 할 때, 병원에서 걸려 온 전화를 받은 할머니가 내게 소식을 전했다. 그 인간은 마지막까지도 최고로 비겁했다. 이제 아무도 그 사람에게 책임을 묻지 못하게 되었다.

나는 레오와 뱅자맹을 흘끔 보았다. 할머니는 우리에게 커다란 침대를 내주었다. 쌍둥이들은 내게 기댄 채 졸고 있었다. 오늘 밤 할머니는 소파에서 자기로 했다. 할머니의 그 단단한 무정함을 뚫을 정도로 우리의 운명이 불행해졌다는 뜻이다.

할머니도, 나도 차마 동생들에게 부모님이 둘 다 떠

났다고 말하지 못했다. 이렇게 어린 아이들이 벌써 고아 신세라니……, 너무나도 엉망진창이었다.

적어도 나는 아빠의 죽음이 인과응보이자 엄마의 목숨을 앗아 간 것에 대한 징벌이라고 생각했다. 하지만 쌍둥이에게 그 남자는, 비록 엄마에게 친절하게 대해 주길 간절히 바라긴 했겠지만, 어쨌거나 백마 탄 기사이자 우주, 아버지였을 터이다.

동생들에게는 내일 아침에 말할 생각이었다. 더는 미룰 수 없었다. 이미 언론에 우리 이야기가 쫙 퍼져 버렸다.

나는 병원의 하얀 복도에서 있었던 일을 오늘 저녁에만 수백 번 넘게 곱씹었다. 집요하리만큼 친절했던 간호사와 간호조무사 마뉘. 그 사람들은 엄마 때문에 존댓말을 한 게 아니었다. 그저 나에 대한 예의를 표시한 것이었다.

나는 마뉘의 얼떨떨했던 표정을 다시금 떠올렸다. 나에게 뭔가를 말하려고 하다가 내가 던진 말에 가로막혀 버렸다. 마뉘는 내가 엄마랑 함께 있다고 믿은 채 완전히 무너지지 않으려 미쳐 가는 중이었다는 걸 알아챘을까?

내가 엄마의 사망 소식을 들은 지 얼마 되지 않았다는 사실은 알고 있었을지도 모르겠다. 하여튼 그 순간 내 뇌는 제대로 작동하지 않았다.

의사들이 할머니에게 전화해 나를 집으로 데려가라고 말했다. 그다음은 잘 기억나지 않았다. 나는 완전히 '다른 곳'에 있었다.

아마도 나만의 공간에 혼자 고립되어 있고 싶었던 것 같다. 오로지 혼자 있고 싶었다. 고장 난 내 머리가 착각으로 이루어진 세상을 만들어 냈던 그 복도에 말이다.

이제 할머니 집에도, 내 마음에도 깜깜한 밤이 찾아왔다. 외톨이가 된 우리 셋은 할머니 집에서 살게 될 것 같다. 아니면 보육원이나 그와 비슷한 시설에 갈 수도 있겠지만. 선택지는 그리 많지 않았다.

"이렇게까지 되리라고는……, 생각 못 했다."

할머니는 잠자리에 들기 전에 떨리는 목소리로 이렇게 말했다. 이 모든 일을 겪고 난 뒤에야 온화해지고 부드러워진 듯 보였다. 이런 게 바로 죄책감이 가진 힘일까.

오랫동안 자지 못했는데도 잠이 오지 않았다. 휴대전화로 우리의 일을 검색해 오랫동안 들여다보았다. SNS에 올라온 수많은 게시물 속에는 내가 알고 싶지 않은 정보들까지 세세하게 적혀 있었다. 나는 공감이라고는 하나도 없는 비난의 글, 그리고 따뜻한 마음이 가득 담긴 응원의 글을 모두 다 읽었다.

응원의 글은 대부분 여자들이 쓴 것이었다. 물론 남자가 쓴 글도 있었다. 그 가운데 진심으로 쓴 글이 얼마나 있을지 궁금했다. 인터넷상에서 착한 척하는 건 너무도 쉬운 일이니까.

점심때 블리치 선생님이 이메일을 보내왔다. 너무 의례적이지 않은 말투로 나를 위로하며, 필요하다면 언제든 이야기를 들어 줄 준비가 되어 있다고 했다. 정말로 좋은 분이었다.

인터넷에서 우리의 일에 대해 분노하거나, 무관심하거나, 정치색을 띠거나, 악의적이거나, 혐오스러운 글들을 하나하나 다 읽었다. 그래서 그 사건이 실제로 일어난 일이라는 걸 다시금 깨달았다. 기사들을 읽으면 읽을수록 속이 뒤틀리면서 눈앞이 흐려졌다.

엄밀히 말하면, 아빠는 엄마를 익사시킨 게 아니었다. 1차 조사 결과에 따르면, 아빠는 엄마의 머리를 반복적으로 물에 넣으면서 질문을 해 대다가 결국 호흡 곤란 상태까지 빠뜨렸다. 그러니까 아빠는 엄마를 고문한 것이었다.

그 사이코는 분명 '다른 남자'에 관해 물었을 것이다. 아니면 엄마가 무심코 한 어떤 행동이 마음에 들지 않았을지도. 예전에 한번은 엄마가 빵집에서 버터 크루아상이 아닌 일반 크루아상을 사 왔다며 윽박질렀던 일도 있었다.

아마도 이번에는 엄마가 움직이지 않는다는 걸 알아차린 순간 덜컥 겁이 났을 거다. 그래서 엄마를 구하지 않고 그길로 도망쳐 버렸겠지. 이게 바로 용감한 시민상을 받은 사람의 영웅적인 행동이다.

나는 엄마를 발견하고 곧장 구급차를 불렀다. 그 상황에서 우리의 끔찍한 비밀이나 평판 따위는 전혀 중요하지 않았다. 엄마의 맥박이 아주 희미했고, 구급차

안에서 심정지까지 왔다.

병원에 도착하자마자 내게 엄마에 대한 질문이 쏟아졌다. 충격과 불안에 휩싸인 내가 할 수 있는 일이라고는 엄마의 핸드백 속에 있던 보험 관련 서류를 내미는 것뿐이었다. 그 정신없던 와중에 구급 대원 중 한 명이 내게 엄마의 핸드백을 챙기라고 말해 주었다.

이제 다 기억이 났다. 엄마는 수술을 받았다. 엄마의 몸 곳곳에 온갖 줄들이 꽂혀 있었다. 엄마는 꼭 거미줄에 걸린 파리 같았다. 그나마 나이가 젊은 덕분에 엄마의 심장은 그럭저럭 회복하는 듯했다.

의료진들은 의료 기계로 엄마의 심장 근육을 대신해 혈액을 순환시켰다. 다만 엄마가 깨어났을 때, 어떤 돌이킬 수 없는 손상을 입었을지는 아무도 장담할 수 없다고 말했다.

엄마는 끝내 깨어나지 못했다. 내출혈 때문이었다.

그러니까 엄마는 익사한 게 아니었다. 엄마를 살해한 게 아빠라는 사실은 변함없지만. 아빠도 그 사실을 잘 알았기에 스스로 목숨을 끊은 걸 거다.

지금까지 설명한 것 말고도 끔찍한 사실은 더 있었다. 바로 이웃집 여자의 TV 인터뷰였다. 그 여자는 자신이 한 말이 어떤 파장을 일으킬지 알지 못했다.

이웃집 여자의 인터뷰에 따르면, 그때 엄마는 비명을 질렀다. 그것도 아주 많이. 깨진 창문 사이로였는지, 다른 어딘가의 틈새로였는지는 모르지만, 이웃집 사람들은 분명히 엄마의 비명을 들었다.

그렇지만 그들은 가만히 있었다. 우리 아빠도 함께 고함을 쳤다는 게 그들의 말도 안 되는 변명이었다. 이웃집 사람들은 우리 집의 소음에 신경이 쓰였으면서도 그저 '조금 심하게 흥분한' 일상적인 불화라고 생각했다나? 소음이 사라졌을 때는 '작은 싸움이' 끝났다고 믿었다고 한다.

아무리 그래도 그 사람들은 어제 집 앞에서 나를 마주쳤을 때, 그렇게 아무렇지도 않은 표정으로 문을 닫고 자기 집으로 쓱 들어가서는 안 되는 거였다.

시간이 흐를수록 SNS에는 점점 더 많은 정보가 쏟아져 견디기가 힘들었다. 엄마는 약속을 저버린 게 아니었다. 최근에 자신과 같은 상황에 있는 여성들을 돕는 단체에 연락했고, 비밀리에 우리와 함께 떠나 새롭게 시작하려고 했다. 하지만 불행하게도 단체의 보호를 받기도 전에 이런 일이 벌어지고 말았다.

만약 아빠가 그 사실을 알게 된 거라면? 엄마가 자신을 영원히 떠날 거라는 사실을 미리 알아챈 거라면? 혹시 그랬다면 아빠는 자신의 소유물이라고 여기던 여자와 그 여자에게 행사하던 지배력을 잃게 될 수도 있다는 생각에 분노가 폭발해 엄마를 고문하는 지경까지

갔을 것이다.

심지어 지난달에 엄마는 아빠의 빈틈없는 감시를 뚫고 경찰서에 찾아가 아빠를 고발했다. 하지만 경찰서에서는 아빠에게 출석 요구조차 하지 않았다. 단순 민원으로 접수했을 뿐, 그 어떤 조치도 끝내 취하지 않았다.

결국 그로부터 한 달 후, 아빠는 엄마를 죽음에 이를 때까지 고문했다.

83번. 엄마가 남긴 비정한 번호다. 엄마는 올해 현 배우자나 전 배우자에게 살해당한 83번째 여자였다. 올 1월부터 총 82건의 여성 살해 사건이 있었다. 무려 82명의 여성이 엄마보다 먼저 하늘로 떠난 것이다.

누가 그들을 기억할까? 세상의 전부를 잃게 된 그들의 자녀 말고 누가 그들을 위해 울어 줄까? 누군가는 헛된 일이라 생각할 수도 있겠지만, 이 비통하고 끔찍한 수치를 기록하는 일이 그들을 잊지 않고 기억하는 일이라고 믿고 싶다. 비록 우리가 그들을 보호하지도, 그들의 이야기를 들어 주지도 못했지만 말이다.

나탕에게 메시지를 보내기로 마음먹었다. 그 애는 내 남자 친구도, 친한 친구도 아니지만, 지금 이런 상황에서는 신중하게 거리를 두면서 의지할 수 있는 사람일지도 몰랐다.

나는 나탕에게 우리 엄마를 기리는 행진을 계획하고 있으니 도와 달라고 부탁했다. 밤늦은 시각이었는데도 메시지를 보낸 지 삼십 초 만에 휴대 전화 진동음이 울렸다.

나탕은 나와 동생들을 위해 따뜻한 말을 잊지 않았고, 내 부탁을 기꺼이 들어주겠노라고 하면서 내게 구체적인 계획이 있는지 물었다.

나는 갑자기 속내를 털어놓고 싶다는 생각이 들었다. 빠른 속도로 자판을 두드리기 시작했다. 나탕의 머릿속에 우리 엄마를 그저 안타까운 목록에 있는 한 사람으로 남게 하고 싶지 않았다.

나탕에게 우리 엄마의 너그러운 성격에 관해 설명했다. 엄마가 대학교에 다닐 때 아빠를 만났고, 문학 공부를 포기한 채 결혼을 했다는 이야기도 들려주었다. 엄마가 어린이들을 위한 아름다운 동화를 창작하겠다는 꿈을 버린 건, 아빠가 "그런 건 어리석은 이들을 위한 쓸모없는 짓"이라고 말했기 때문이라는 것도.

아빠는 전혀 모르는 일이겠지만, 엄마가 아빠를 설득해 내 이름을 '리라'라고 지은 건 다 이유가 있었다. 필립 풀먼의 《황금 나침반》의 여주인공 이름을 따온 것이었다. 그건 아빠를 향한 엄마의 마지막 문학적 저항이었다.

엄마는 '오르'라는 지구상에서 가장 귀한 이름을 갖고 있었다. 영웅, 공주, 그리고 전사의 이름이었다. 칠

흑 같은 밤에 그렇게 일찍 자기의 소망과 인생을 끝내기에는 너무나 아까운 이름이었다.

휴대 전화 자판을 두드리다가 문득 깨달았다. 더 이상 침묵하지 않고 말하는 것. 그것이 엄마를 위해, 그리고 나와 동생들을 위해 내가 할 수 있는 일이었다. 엄마와 같은 수많은 피해자들을 위해서도.

주변에서 아무도 나서지 않아서, 국가가 국가란 이름에 걸맞은 조치를 취하지 않아서, 우리가 진정으로 폭력과 맞서 싸우지 않아서 엄마 뒤를 따라 끔찍한 이야기를 반복할 누군가들을 위해서라도 말이다.

학대받는 모든 여성이 침묵을 강요당하고, 남겨진 자녀들이 평생 엄마를 애도하며 살아가는 상황을 많은 사람들이 팔짱 낀 채 바라만 보고 있는 것을 용납할 수 없었다. 아니, 결코 용납하지 않을 것이다.

약속할게, 엄마.

사람들의 무관심이 엄마를 단죄했으니, 절대로 그들이 엄마를 잊지 못하도록 할게. 나탕에게만 엄마 이야기를 하지는 않을 거야. 끊임없이 반복해서 말하고, 글로 쓰고, 소리칠 거야. 전 세계가 엄마의 고통을 알게 할 거야. 다시는 그 누구도 엄마에게 등을 돌리지 못하도록 만들게.

"오르, 나는 영원히 당신의 딸, 당신의 펜, 당신의 목소리, 당신의 빛이 될 거예요."

어제, 아빠가 엄마를 죽였다.

순식간에 모든 게 얼어붙어 버린 날이었다.

어두운 하늘과 비명 소리로 흐렸던…….

무관심한 사람들의 마음처럼 세상은 온통 회색이었다.

나가는 말

여러분은 결코 혼자가 아닙니다

이 책을 읽고 나서 마음속에서 무언가 꿈틀댄다면, 혹은 여러분이 겪고 있거나 여러분이 아는 사람이 겪고 있는 상황을 떠올리게 만든다면, 그 무게를 홀로 짊어지지 말기 바랍니다.

할 수 있다면 믿을 만한 사람에게 이야기를 털어놓으세요. 지인, 가족, 선생님, 의사, 누구든 상관없어요.

다행스럽게도 모든 사람이 사령관 할머니 같지는 않습니다. 우리가 모르고 있지만, 주위에는 블리치 선생님처럼 무례한 판단을 하지 않으면서 호의적으로 우리에게 손을 내밀어 줄 사람이 존재하기도 합니다.

직접 도움을 받거나 주위 사람에게 도움을 줄 수 있는 관련 기관들이 있어요.

◆ 여성 긴급 전화 1366

가정 폭력·성폭력·성매매·스토킹·교제 폭력 등의 여성 폭력 피해자로 긴급한 구조, 보호 및 상담 혹은 지원이 필요한 경우 국번 없이 1366번을 눌러 이용할 수 있어요.

◆ 성폭력 피해자 통합 지원 센터(해바라기 센터)

성폭력·가정 폭력·성매매 피해자를 대상으로 365일 24시간 상담 지원, 의료 지원, 법률·수사 지원, 심리 치료 지원 등을 진행

하고 있어요. 피해자가 폭력 피해로 인한 위기 상황에 대처하고 2차 피해를 방지할 수 있도록 돕고 있지요.

◆ 한국여성인권진흥원 디지털 성범죄 피해자 지원 센터
디지털 성범죄 피해에 대한 접수 및 상담, 삭제 지원 및 유포 현황 모니터링, 수사·법률·의료 연계 지원을 제공하고 있어요.

여기에는 일부 기관만 소개했고, 지역별로 훨씬 더 많은 단체가 있어요. 그러니 망설이지 말고 인터넷을 통해 더 많은 정보를 알아보기를 바랍니다.
부디 용기를 내기를······.
여러분은 결코 혼자가 아닙니다.

나는 나쁜 딸입니다

첫판 1쇄 펴낸날 2024년 5월 17일
2쇄 펴낸날 2024년 10월 21일

지은이 파스칼린 놀로 **옮긴이** 김자연
펴낸이 박창희
편집 홍다휘 백다혜 **디자인** 전윤정 배한재
마케팅 박진호 **홍보** 김인진 **회계** 양여진 김주연

펴낸곳 (주)라임
출판등록 2013년 8월 8일 제2013-000091호
주소 경기도 파주시 심학산로 10, 우편번호 10881
전화 031) 955-9020, 9021 **팩스** 031) 955-9022
이메일 lime@limebook.co.kr **인스타그램** @lime_pub
홈페이지 www.prunsoop.co.kr

ⓒ 라임, 2024
ISBN 979-11-94028-01-7 44860
    979-11-951893-0-4 (세트)

＊ 잘못된 책은 구입하신 서점에서 바꿔 드립니다.
＊ 이 책 내용의 전부 또는 일부를 재사용하려면 저작권자와 (주)라임의 동의를 받아야 합니다.